POÉSIES DIVERSES.

1805.

LE BAL MASQUÉ,

FRAGMENT.

L'autre jour une dame, aussi belle qu'aimable,
Me dit : « Je donne un bal, passe-tems agréable ;
Bien plus, il est masqué. J'espère vous y voir
Lorsque le jour plus faible amènera le soir.
On peut se déguiser en ces tems de folie :
Le masque cache tout ; la plus laide est jolie,
Et l'homme le plus faux, d'un air de vérité,
Sous un masque trompeur vante sa probité.
A sept heures chez moi je veux que l'on se rende.
— Ce bal du Mardi-Gras est sans doute une offrande ?
— Oui ; j'aime qu'on s'amuse. lieu ; portez-vous bien :
Vous qui suivez les bals, ne manquez pas au mien.
Il n'est rien qu'en ces tems le plaisir n'assaisonne.
Je choisis pour habit celui de jeune nonne ;
Ma mère se revêt de celui de Vesta ;
Et d'un voile avec art sa tête se para.
La nuit vient : à ce bal chacun court et s'empresse ;
La maison retentit de doux cris d'allégresse.
Huit masques nous suivaient ; d'abord un capucin,
Musicien habile, et chantant au lutrin ;

Trois dominos, un basque, une femme savante,
Un malin mameluck à tournure élégante;
Enfin, d'un air timide et d'un pas chancelant,
Marchait à nos côtés une craintive enfant.
Nous entrons, et déjà l'éclat de cent bougies
Des masques bigarrés éclairait les folies.
A la faveur du bruit, auprès d'un domino,
Une femme parlait; j'approche. « De Congo,
Lui dit-elle, on croirait que tu reviens sur l'heure;
Quel air embarrassé! penses-tu qu'on demeure
Dans un bal, à Paris, au milieu des festins,
Pour contempler le sort des trop faibles humains?
Sois donc plus gai, crois-moi: vole auprès de ma fille;
Vous causerez ensemble; elle est vraiment gentille!
Il faut prendre avec nous le bon ton des Français,
Et quitter cet air sombre; il ne va qu'aux Anglais.
On aime le plaisir en ce pays aimable:
Etre triste pour nous c'est être insupportable.
Nous sommes bien légers; mais suis mes bons avis:
Il faut prend'   u tout tems les mœurs de son pays. »

Le jeune homme, suivant cette mode gentille,
Abandonne la mère, et court près de la fille:
Il lui parle, il l'enchante, et bientôt à son tour
La jeune demoiselle au monsieur fait la cour.
« Que vous êtes heureux! dit-elle d'un air tendre;
Chacun veut vous parler, chacun veut vous entendre.
La danse vous déplait; vous êtes sérieux:
Que craignez-vous?...—Je crains le pouvoir de vos yeux,
Belle Circassienne! Ah! daignez satisfaire
Un amant qui fera son bonheur de vous plaire;
Baissez donc votre masque, et montrez à mes yeux
Ces attraits enchanteurs, riches présens des dieux. »

Notre Circassienne, en femme complaisante,
Baisse son masque. Alors sa mère extravagante
A leurs doux entretiens prête un œil complaisant,
S'approche d'eux, et dit d'un ton fin et dolent :
« Beau masque, je vous crois un homme trop honnête
Pour vouloir à Nina mettre l'amour en tête.
Laissez donc cette enfant; car vraiment en ces lieux
Le méchant pourrait bien se moquer de tous deux.
Chez moi venez demain, et là, ne vous déplaise,
Vous pourrez sans témoins lui parler à votre aise.
—J'accepte avec ardeur cet excès de bonté :
Oui, madame, j'irai rendre à votre beauté
L'hommage qu'autrefois à la reine des Graces
Prodiguaient les Amours voltigeant sur ses traces. »

Un bruit soudain s'élève, et dans le même instant
Je détourne la tête, et vois un impudent
Qui, plein d'un sot orgueil, insultait une femme.
« Que m'importe, dit-il, que tu sois grande dame ;
Je ne te connais plus, ni ne prétends savoir
Si ce costume cache un teint vermeil ou noir.
—Sais-tu, jeune insensé, dit la dame en colère,
Ce que je fus jadis, et ce que fut ton père?
Et que cette faveur, reçue insolemment,
Il l'aurait demandée avec empressement?
Ne te pare donc point d'une fierté stérile :
Souviens-toi que jadis tu cherchais un asile,
Et que mon cœur humain, sensible à tes malheurs,
Emu par la pitié, soulagea tes douleurs;
Je te tendis bientôt une main secourable :
Mais tout est effacé dans ton ame coupable,
Et la reconnaissance a fui loin de ton cœur.
Tu n'es plus aujourd'hui qu'un vil usurpateur
Qui, sans cesse vantant sa fragile richesse,

Méprise le malheur, et vit dans la bassesse.
Tel est de mon pays le système maudit :
L'homme vertueux souffre, et l'intrigant jouit. »
Cependant du logis la charmante maîtresse,
Annonçant le festin, dissipe la tristesse ;
Et Comus et Bacchus semblent se disputer
Le droit de nous servir et de nous contenter.
Divers mets, préparés par des mains élégantes,
Sont offerts à nos yeux sous des formes charmantes,
Et l'assemblage heureux des vins les plus exquis
A nos yeux enchantés en relève le prix.
Mais près de nous survient l'agile Terpsichore :
Aussitôt sur ses pas chacun court et l'honnore.
« Hé quoi ! vous préférez un repas à ma cour !
Comment ! ne suis-je plus l'ame de ce séjour?
Nous dit-elle : à mon art partout on rend hommage ;
J'égaie et j'embellis les charmes du bel âge,
Je fixe les plaisirs. Venez, jeunes beautés ;
Vous faites l'ornement de ces lieux enchantés ;
A commencer le bal c'est moi qui vous invite. »

A sa voix chacun court, vole, et se précipite.
Dans un riche salon, sous des lambris dorés,
Nous entrons, des Plaisirs et des Jeux entourés :
Tout respire la joie ; et la folle jeunesse
Se livre avec ardeur à la vive allégresse.
Aimables passe-tems, momens délicieux,
Comme un songe léger vous fuyez à nos yeux !
L'aube annonce le jour : alors dans son asile
Vole près d'un époux sa compagne tranquille,
Et la sensible mère, à ses tendres enfans
Prodiguant la   eur de ses mbrassemens,
Regrette ces inst s donnés à l'allégresse
Qui les avaient ravis à sa vive tendresse.

O vous, amis ! fuyez les dangereux plaisirs ;
Ils égarent des cœurs nourris dans les desirs.
De la faible Nina plaignez donc la constance,
De sa mère évitez la folle inconséquence,
Et, du sot parvenu méprisant la hauteur,
Honorez l'homme sage, admirez sa candeur.

Mme E. S. DENNE BARON.

DÉBUT DU PREMIER CHANT

DE LA PHARSALE DE LUCAIN.

Muse, chante la guerre où Rome assujettie
Engraissa de son sang les plaines d'Emathie;
Guerre plus que civile, où l'état furieux
Tourna contre son sein un bras victorieux :
Dis les traités rompus, le triomphe du crime;
Des frères divisés, que la discorde anime,
L'un sur l'autre portant la pointe de leurs dards;
La terre partagée entre leurs étendards,
Prêtant à leurs forfaits sa valeur inhumaine,
Et l'aigle combattant contre l'aigle romaine.
Quelle aveugle fureur, malheureux citoyens,
D'un fer impie arma vos sacrilèges mains,
Vous fit répandre un sang aux Parthes redoutable,
Quand l'ombre de Crassus, d'une voix lamentable,
Aux murs de Babylone appelait vos soldats
Pour laver votre honte et venger son trépas?
Mais les combats sans gloire avaient pour vous des charmes !
Ah ! du sang qui souilla vos parricides armes
Vous pouviez asservir et la terre et les mers,
Les champs où naît le jour, ceux qu'au sommet des airs
Cet astre couvre au loin des feux que son char lance;
Les plaines où Vesper se retire en silence,

Cet océan de glace , ignoré du printems,
Qui sur ses bords neigeux voit les Scythes errans,
Et l'Araxe arrosant de barbares contrées,
Et le Nil qui cacha ses sources ignorées :
S'il est des nations au fond de ses déserts,
Tout l'univers enfin aurait porté vos fers.
Si tu te plais, ô Rome , à cette guerre impie,
Donne d'abord des lois à la terre asservie ;
Et si des ennemis manquent à ta valeur,
Contre ton propre sein tourne alors ta fureur.
Qui frappe mes .egards ? Tes cités en ruine,
Tes temples renversé: sur qui l'herbe domine ;
Plus loin des toits déserts et des remparts croulans,
Dont les vastes débris sont épars dans les champs ;
Tes citoyens fuyant de leurs villes désertes ;
Tes campagnes au loin par les ronces couvertes,
Et l'Hespérie en pleurs qui , depuis vingt saisons,
Implore en vain des bras pour creuser ses sillons.
Ah ! le cruel Pyrrhus , ou les armes puniques,
Ont-ils porté le feu dans tes villes antiques ?
Non, non, jamais leur fer ne fit tomber tes murs ;
C'est toi qui dans ton sein portas des coups plus sûrs.
Mais si, par tant de maux dont Rome encor soupire,
Les destins t'entr'ouvraient une route à l'empire,
O Néron ! par nos pleurs ne troublons plus les dieux ;
C'est à force de sang qu'ils sont maîtres des cieux.
L'Olympe n'obéit au dieu qui tient la foudre
Qu'au jour où les Titans furent réduits en poudre.
Tu règnes ; tant d'horreurs sont douces aux Romains :
Que d'Annibal encor les mânes inhumains
S'assouvissent de sang aux plaines d'Emathie ;
D'un carnage nouveau que Munda soit rougie ;

Qu'à Pérouse la faim consume nos soldats ;
Que Modène offre encor son siège et ses combats;
Que les rocs de Leucade entr'ouvrent nos galères;
Que sous l'Etna brûlant renaissent d'autres guerres,
Qu'importe; César règne, et le Tibre est heureux *
De l'acheter du sang de ses peuples nombreux.
César, quand, terminant ta carrière mortelle,
Tu prendras ton essor vers la voûte éternelle,
Les dieux te céderont leur rang et l'univers.
De l'Olympe déjà les palais sont ouverts ;
Si tu veux y régner prends le sceptre du monde.
Veux-tu donner le jour à la terre féconde ?
Sur son char enflammé remplace 'e soleil ;
Et la terre sans crainte attendra son réveil.
Mais ne va point régner vers ces zônes lointaines
D'où soufflent de l'Auster les humides haleines,
Ou que l'Ourse glacée obscurcit de brouillards;
Rome n'aurait de toi que d'obliques regards,
Et l'Olympe verrait fléchir son axe immense :
Monte au sommet des cieux, et tiens-les en balance:
Là que jamais l'orage, altérant leur azur,
N'obscurcisse l'éclat de ton front toujours pur;
Qu'alors la paix , brisant le glaive de la guerre,
Fasse un peuple d'amis des peuples de la terre,
Et renferme Janus sous ses portes d'airain.
O César ! sois mon dieu: si tu remplis mon sein ,
Je n'invoquerai point le dieu de la Pythie,
Et laisserai Bacchus dans son île chérie;
C'est assez de toi seul pour m'inspirer des chants.
—Ma voix va raconter ces grands évènemens;

(*) Le ton de Virgile est bien différent dans son invocation à Auguste !

C'est ouvrir à ma muse une immense carrière.
Qui poussa tout un peuple aux fureurs de la guerre ?
Et qui força la paix de fuir loin des humains?
La jalouse Fortune, et le bras des Destins
Qui veut que rien de grand ne soit long-tems durable,
Des états trop puissans la chûte inévitable,
Et Rome succombant au poids de sa grandeur.

Tel sur le monde usé, quand le tems destructeur
Sera las de rouler d'innombrables années,
Dans le sein du chaos les sphères entrainées,
Se heurtant dans leur chûte, ébranleront les airs,
Les astres s'éteindront dans l'abyme des mers ;
L'Océan, révolté de ses rives profondes,
Hors du lit qu'il creusa repoussera ses ondes,
Et l'Olympe verra par de nouveaux sentiers
S'égarer du Soleil les célestes coursiers.
Quand Phébé, s'indignant de sa route ordinaire,
Voudra guider le jour sur le char de son frère,
Alors du globe ému les longs ébranlemens
Détruiront sans retour les lois des élémens :
L'excessive grandeur s'écroule d'elle-même.
C'est ainsi que des dieux la volonté suprême
Prescrit enfin un terme à nos prospérités.
Souveraine des mers, ô reine des cités,
La Fortune à toi seule a confié sa haine:
Rome, c'est par tes mains qu'elle a forgé ta chaine.
C'est en vain qu'aux tyrans tes peuples sont soumis ;
Des parjures traités les dieux sont ennemis.
O chefs ambitieux, quelle aveugle furie
Vous force à cimenter une concorde impie ?
Que vous sert de mêler vos soldats et vos coups,
Et de tenir le monde incertain entre vous?

Tant qu'au milieu des airs la terre suspendue
Verra rouler Thétis autour d'elle étendue,
Et tant que le soleil, terminant son long tour,
Fuira devant la nuit qu'il fait fuir à son tour,
Jamais le premier rang ne voudra de partage,
Et la foi de trois chefs ne sera sans outrage.

Pourquoi chercher ailleurs des exemples moins sûrs?
Le meurtre fraternel rougit nos premiers murs.
Eh! le prix d'un tel crime était-ce un champ fertile,
De vastes mers? C'était un misérable asile.

M. DENNE BARON.

GALLUS,

ÉGLOGUE X, TRADUITE DE VIRGILE.

A ces derniers accords, souris belle Aréthuse ;
Obtiens pour mon Gallus quelques vers de ma muse :
Eh ! qui refuserait de chanter pour Gallus ?
Fais que de Lycoris ces vers même soient lus.
Aussi, quand tu te perds au sein des mers profondes,
Que l'amère Doris ne trouble point tes ondes,
Commence ; mes chevreaux tondent les bois naissans :
L'écho n'est point muet ; il redira nos chants.

Jeunes nymphes des eaux, vous, nymphes des bocages,
Vous ne parûtes point ; quels antres, quels ombrages,
Ou quels bords reculés eûtes-vous pour séjour
Quand Gallus périssait par un indigne amour ?
Vos pieds ne foulaient pas les cimes révérées
D'où l'Aganippe en paix roule ses eaux sacrées,
Quand, sur un mont désert, Gallus par ses douleurs
Aux myrtes, aux lauriers arrachait tant de pleurs.
Le Ménale en gémit : on dit que le Lycée
Sentit couler des pleurs sous son ombre glacée.

Ah! du moins ton troupeau, comme toi malheureux,
A tes pieds étendu lève sur nous les yeux;
Ne le méprise pas : tu sais, divin poète,
Que le bel Adonis a porté la houlette.
Les pasteurs de taureaux arrivent à pas lents,
Et Ménalque chargé d'une moisson de glands :
Ils t'interrogent tous. Vint le dieu du Permesse :
« Quel fol amour, Gallus! l'objet de ta tendresse,
Ta Lycoris, dit-il, à travers les frimas,
Et dans l'horreur des camps, d'un autre suit les pas. »
Le vieux Sylvain paraît près du fils de Latone :
Sur sa tête il agite une agreste couronne
Où s'enlacent des lis aux férules en fleur.
Vint le dieu d'Arcadie : une ardente couleur ★
Et le sang de la mûre avaient peint son visage;
Nous l'entendîmes tous lui tenir ce langage:
« C'est trop gémir; l'Amour se rit de tes douleurs,
Gallus; ce dieu cruel se nourrit de nos pleurs,
Ainsi que de buissons la chèvre vagabonde,
L'abeille de cytise, et les gazons de l'onde. »

Lui, tout triste, répond : «Ah! bergers de ces champs,
Arcadiens, qui seuls charmez par vos doux chants,
A vos monts, à vos bois vous conterez mes plaintes;
Vos chansons de mon sort calmeront les atteintes.
Que mes os sous ces rocs dormiraient mollement
Si vos pipeaux un jour redisaient mon tourment!
Que ne suis-je un de vous, pasteur dans vos prairies,
Ou dépouillant vos ceps de leurs grappes mûries!
Du moins j'aurais brûlé pour Amynte ou Phyllis.
Amynte est brun; qu'importe; on cueille près du lis

(*) Du vermillon.

La sombre violette et la noire hyacinthe.
Là, sous des pampres verts étendu près d'Amynte,
Je prêterais l'oreille à ses douces chansons,
Ou ma Phyllis de fleurs tresserait des festons.

Ici, ma Lycoris, sont de fertiles plaines;
Ici sont des bois verts et de claires fontaines;
A tes côtés ici je coulerais mes jours.
Maintenant, toute en proie à tes folles amours,
Tu vas du cruel Mars affronter la furie.
Puissé-je m'abuser! bien loin de ta patrie,
Ah, cruelle! sans moi tu franchis l'Apennin,
Et sa neige éternelle et les glaces du Rhin.
Des frimas rigoureux, ah! songe à te défendre;
Que la glace jamais ne blesse un pied si tendre!

Je fuis... Sur les pipeaux qui pleurèrent Daphnis
Je redirai les vers du chantre de Chalcis;
J'irai dans les forêts, loin des traces humaines,
Sur les arbres naissans je graverai mes peines:
Tous les jours ils croîtront; vous aussi, mes amours!
Et du Ménale aussi parcourant les détours,
De ses nymphes mes pas suivront la troupe errante,
Et ma meute ceindra les forêts d'Erymanthe.
Je m'élance avec elle à travers les glaçons;
Dans la forêt bruyante, à la cime des monts,
Il me semble courir et courber l'arc sonore.
Inutile remède au feu qui me dévore;
L'Amour par nos tourmens ne se peut adoucir!
Adieu, nymphes des bois! adieu! vous pouvez fuir;
Les nymphes, les chansons n'ont plus pour moi de charmes!
Ce dieu serait toujours insensible à mes larmes
Quand j'irais près des monts, dans la Thrace entassés,
De l'Hèbre impétueux boire les flots glacés;

Quand j'irais, à travers une arène brûlante,
Conduire des troupeaux sous cette zône ardente
Où l'orme desséché meurt sous les feux du jour.
L'Amour subjugue tout, et je cède à l'Amour. »

Assez, Muses; ici se tait votre poète:
Tandis qu'une corbeille entre ses mains s'apprête,
Ah! faites à Gallus valoir ces faibles chants,
Lui pour qui mon amour s'accroît à tous momens,
Ainsi qu'un jeune saule au souffle du Zéphyre!
Partons; l'ombre aux chanteurs a coutume de nuire,
L'ombre nuit au genièvre, ainsi qu'à nos vergers;
Allez, chèvres; Vesper luit aux yeux des bergers.

M. DENNE BARON.

DE L'IMPRIMERIE DE BRASSEUR AÎNÉ.

www.ingramcontent.com/pod-product-compliance
Lightning Source LLC
Chambersburg PA
CBHW061435170626
46811CB00005B/2277